La Casa GRANDE

I0639914

Wendell, North Carolina

www.hisglorycreationspublishing.com

This book was inspired by and dedicated to my grandma **Josefa de León**. Her character has such a profound impact on my life perspective nowadays that it has to be written to revive the experience. My life would certainly be better if you were still alive. I miss you a lot.

ACKNOWLEDGEMENTS

I would like to thank collaborator **Leroy Salazar,** for his time and dedication regarding the editing of the manuscript. I appreciate his knowledgeable insights and truly enjoyed the time spent together when talking things over, rewriting, correcting orthography and the like. I would also like to thank my publisher, **Felicia Lucas** of His Glory Creations Publishing for providing me with the opportunity to become a first time author by using her expertise and tutelage in the field, making this book a reality.

La mañana estaba cálida, soleada y con mucha brisa fresca. El viento adormecía las ramas de los árboles y el sol se posaba tranquilo a un costado del cielo. No eran todavía las nueve de la mañana. Se sentía todo tranquilo, suave, sosegado y purificado. El sendero en el que íbamos se cerraba en el horizonte por las ramas y los arbustos, pero los rayos del sol se colaban entre ellos y aún nos dejaban ver por donde caminábamos. El suelo estaba húmedo, pues el sendero estaba a la orilla del río. Nos quitamos los zapatos y las medias y nos arremangamos los pantalones.

Yo nunca había visitado la casa de mi abuela. Era la primera vez que iba a conocer a la mamá de mi papá. El papá de mi papá había muerto picado por una culebra mientras jalaba machete en el campo por los lados de los sembradíos de café y cacao, cerca de la hacienda Guarapo; como después me diría mi abuela. La mamá de mi papá iba a cumplir cien años. Había nacido en 1900 y tuvo diez hijos. Mi papá era el mayor de ellos. Mi abuela había visto morir a casi todos sus hijos y a algunos nietos de amebiasis, de sarampión, de mal de rabia, de tétano, de patadas de caballo, de picadura de culebras, de hemiplejia, de peritonitis, de diabetes y del mal de chagas.

A todos los había velado, enterrado, llorado y enlutado. Sólo le quedan mi papá, que es el mayor, y el menor, Juancito, quien iba con nosotros a la casa grande para celebrar el cumpleaños de mi abuela, su centenario. Tendríamos música de violín y mandolina, cuatro y maracas. Mi papá me dijo que tendría que bailar con todos los que me sacaran a bailar o no podría bailar con ninguno, sería una falta de respeto para los caballeros. Yo, por mi parte, me decía *"¿y si tienen mal aliento?"* o *"¿y si están borrachos?"* o *"¿y si no saben bailar o tratan de propasarse conmigo?"*. Sin embargo no le di muchas vueltas al asunto; cosa que la noche siguiente lamentaría.

Yo en ese momento sólo pensaba en que iba a conocer a mis primos; y vaya que eran muchos. Todos mis tíos ya difuntos habían dejado cinco, seis, siete y hasta doce hijos antes de morir. Así que cuando íbamos por el camino, mi papá saludaba y saludaba a todo el mundo que pasaba y me decía: *"ese es el hijo mayor de mi hermano Pastor, que en paz descanse. Esos son los nietos de mi hermana Adela, que en paz descanse. Aquellos son los sobrinos de mi hermana Elena, que en paz descanse, y pare de contar"*. Yo sólo me le quedaba viendo y en mi mente me decía a mí misma que entonces ésos también eran mis primos y éstos, y los otros, los demás; el pueblo entero estaba emparentado con mi papá y conmigo.

Ya llevábamos caminando como una hora y ya todo me pesaba, tenía frío y hambre. Mi abuela vivía en un lateral de la montaña del campo de Canoabito donde había parido a sus diez hijos. Por fin pasó y se paró una camioneta picó[1] y nos dio una aventada hasta la esquina de la casa grande. Cuando caminábamos hacia la casa, algunos de los vecinos nos veían y saludaban, claro, a mi papá, y, obvio, yo era una cosa rara que ellos jamás habían visto.

Algunos niños venían, sin camisa, con unos chorcitos[2] descoloridos y percudidos detrás de nosotros y nos seguían como perritos hambrientos sin hogar hasta llegar a la casa de mi abuela. Allí, mi abuela, sentada en una silla nos esperaba. De lejos se miraba su pelo invadido de blanco, envuelto en una pañoleta negra, una bata blanca con franjas negras un tanto ajustada que resaltaba una joroba chata. A un lado, recostado de la pared de bajareque, tenía un bastón casero de palo 'e guayaba , hecho quizá por algún vecino. Cuando sintió las pisadas preguntó:

¿Quién anda porai[3]? ¿Quién viene a visitar a esta pobre vieja?

Y luego prosiguió...

---

[1] Pick-Up Truck

[2] Short-shorts

[3] por ahí

¿Ya llegaste, José Goyo[4]?

Mi papá no contestó la pregunta, sólo dijo *"ción"*[5] y pasó de largo a la cocina y dejó una mano de cambur[6] que había recogido en el camino; incluso colocó sobre el mesón unos aguacates y una yuca que le había pedido, como de costumbre, a uno de los primos. Yo me quedé sola con la abuela. Mi tío se había quedado en una de las casas de los vecinos y los niños salieron corriendo detrás de mi papá. Ella siguió hablando:

Llegaron temprano.

Y levantando la voz preguntó:

¿A qué hora salieron? Parece que amanecieron en el camino.

Sí, nos levantamos de madrugada; estaba oscuro.

Respondí; me salieron las palabras sin pensar. Mi abuela tanteó el bastón y dijo:

---

[4] Goyo es un hipocorístico del nombre Gregorio

[5] Rural pronunciation of the word "Bendición"; a normal greeting in various Latin American countries

[6] Banana bunch

Venga, acérquese. Déjeme tocarla. Dios me la bendiga mi'ja[7]. ¿Y su mamá por fin la dejó venir a conocer al resto de la familia?

Yo ni sabía qué decir. Sólo asentí con la cabeza. Me sentía extraña frente a esa viejecita que nunca antes había visto, aunque mi papá siempre me hablaba de ella y de sus hermanos y de todos lo primos que tenía. Ella me tocaba toscamente el brazo y pareciera que no me veía, sus ojos estaban ausentes pero sus manos estaban muy cálidas. Sin soltarme el brazo le habló a mi papá, quien por fin se acercó a ella y le pidió la otra vez bendición. Él ya se había quitado la camisa y aflojado el pantalón, sudaba a chorros y venía con la toalla en el hombro. Me dijo:

¿No te vas a cambiar de ropa?

Siguió caminando, sin siquiera mirar a mi abuela, a lo largo del corredor, rumbo, quizá al patio trasero, que le daba la vuelta a la casa, donde tal vez quedaba el baño. Se perdió entre las matas de cambur que hacían hilera en el caminito hacia el baño de latas. Mi abuela por fin habló y volviéndome a agarrar por el brazo dijo:

Ve al cuarto que está en la sala. Ahí vas a dormir; es mi cuarto, prende la luz.

---

[7] Mi hija

Me hablaba con confianza como si me conociera de toda la vida. Yo no respondí, recogí mi bolso y me dirigí al cuarto al que ella me había enviado. Pasé por la sala y ahí había miles de fotos en blanco y negro. Había una pareja en una de esas fotos y de inmediato me di cuenta que era mi abuela junto a quien debió haber sido mi abuelo, que en paz descanse. Al lado de esa foto también estaba la misma foto de mi papá que cargaba yo en mi cartera y la misma que estaba en la sala de su casa. Yo sólo reconocí a mi tío porque había venido con nosotros. Era una foto de cuando muchacho[8] pero aún así lo reconocí porque esos mismos ojos tenían esa misma penetrante mirada suya. Me acerqué a una de las fotos, era una de un funeral, pero no sabía de quién ya que había tantos muertos en la familia. Mi abuela me llamó y preguntó:

¿Lo encontraste, esta niña? Enciende la luz. Está a la izquierda en la pared.

Ella hablaba con voz tranquila y murmuraba cosas que yo no entendía. Se reía y mataba los zancudos en el aire.

Sí, ya entré pero está oscuro, no veo nada.

---

[8] Usually people omit the imperfect conjugation of the verb *to be* when using this cultural expression

Dije y cuando encendí la luz, cerca del interruptor, había una culebra. Di un grito pero no me moví. Sólo me quedé pasmada.

Abuela aquí hay una culebra.

Por primera vez en mi vida había pronunciado la palabra "abuela" y me sentí rara, pero sentía que yo pertenecía a esa casa. Mi abuela me advirtió:

No la toques. Ya voy. ¡No la toques!

Yo sentía ruidos en la casa y sabía que mi abuela se acercaba con pasos dificultosos. Ella llegó como pudo al cuarto con un machete pequeño en la mano y me preguntó poniendo una mano en mi hombro, de nuevo, cálida:

¿Dónde está la culebra? ¿De qué color es? ¿Es grande? ¿Cómo tiene la cabeza?

Ahí, cerca del interruptor de la luz. Está enrollada, abuela. Es pequeña y de color rojo y negro. Creo que es una coralito. Saca la lengua y tiene cara de mala.

Yo no estaba asustada. Mi abuela me llenaba de una gran calma. Sentía sus cien años como si los tuviera yo. De un sólo machetazo cortó la culebra en dos y me dijo:

-*Ve al colchón de mi cama y levántalo.*

Yo hice lo que ella me dijo. El colchón era delgado y liviano, de muchos resortes. Olía extraño, a vela, a hojas de hallacas mojadas, a alcohol, a vaporú[9], a kerosén y a un espiral de plagatox[10]. Era un olor totalmente peculiar. Lo levanté y le dije sujetando aún el colchón:

Aquí hay muchos periódicos viejos y varias revistas de apuestas de caballo.

Agarra los periódicos y tráemelos.

Decía ella mientras trataba de eliminar con pericia los restos de la difunta culebra, que en paz descanse, del viejo y oxidado machete con un pedazo de trapo, en su tiempo blanco, pero ahora manchado y roído por el excesivo uso que mi abuela le daba.

Aquí está, abuela.

Pero cuando traté de ponérselo en la mano, me dijo:

No mi'ja. Su abuela está vieja y ciega. Recójala usted si me hace la merced.

---

[9] VapoRub

[10] Mosquito repellent spiral that is burned like incense

¿Qué? ¿Recoger la culebra? ¿Yo? ¿Y sí me muerde? ¿Y si se mueve? ¿Y si se me queda mirando? ¿Y si de repente me escupe o me saca la lengua?

Yo me puse pálida y temerosa.

No mi'ja. Esa culebra ya se fue pa' donde está su abuelo y todos sus tíos, que en paz descansen. Allá los estará mordiendo a ellos. Usted no tenga miedo. Ya la culebra pasó a mejor vida. Si es que este campo y esta soledad pueden llamarse vida. Yo en penumbras como ella. Enrollada como ella...

Tratando de a pagar la luz a tientas con esos años que le pesaban ya tanto, mi ocurrente abuela soltó una risita contagiosa.

Abuela, ¡qué cosas dice! ¿Usted se quiere morir?

De una, pregunté por preguntar. Aunque de verdad no esperaba respuesta alguna.

No, ¡qué va! Yo ya me matriculé para el año que viene. Yo me voy cuando me toque.

¿Y entonces?

Sólo digo que para estar por ahí picando y enrollándome, prefiero que me rajen en dos.

Bueno, eso sí es verdad.

Me agaché y puse las hojas del periódico encima de los pedazos de culebra y los recogí con asco, pero ya sin miedo. Mi abuela me inspiraba coraje. Ya mi abuela tenía una bolsa de papel que ella había sacado de un bolso de nailon[11] de mercado que colgaba detrás de la puerta ya todo roto y allí la eché. En ese momento ya entraba mi papá al cuarto...

¿Se puede?

Venía del baño aún goteando agua del chorro, sin camisa y con unos pantalones mal cortados y deshilachados. Colocó el jabón azul en la repisita de los santos y dijo:

¿Qué tienes ahí? ¿Ya mataste tu primera culebra?

Soltó la risa y salió sin decir más, propio de su carácter.

¿Qué hago con ella abuela?

Pregunté siguiendo los lentos pasos de mi abuela que ya iba en camino al porche a sentarse en su silleta de madera y mimbre.

Llévala al excusado y ahí la tiras al hueco.

Me lo dijo sin cambiar su tranquila voz.

¿Y dónde queda el excusado?

---

[11] Bolsa resistente de hilos de nailon (Nylon thread bag) en la que normalmente se empacan las cebollas

De nuevo pregunté extrañada. Tenía la sensación de que mi abuela me trataba como si me conociera de toda la vida. Yo también sentía que éramos conocidas y que había en su trato hacia mí algo que aún no lograba entender, pero era cálido y me hacía sentir muy serena y en pertenencia con aquella vieja casa de bajareque.

Vete por ese caminito y al final lo vas a ver.

Dijo ya sentada y arremangada en su silleta. Obedeciendo hice lo que me había mandado y seguí el paraje hacia el patio trasero. Entretenida mirando a mi alrededor, me detuve en el acto porque lo que vi me dejó pasmada. Despabilándome, caminé hasta el excusado, levanté la tapa y corrí sin voltear hasta donde estaba mi abuela. Y sentándome en el pretil del corredor le pregunté sigilosamente en voz baja, no quería que nadie me escuchara.

Abuela, mire. ¿qué es eso que está colgando en las cuerdas de ropa cerca del excusado?

Es el cuerpo seco de la culebra que mató a tu abuelo, que en paz descanse.

Me dijo sin inmutarse.

¿Y por qué lo tienen ahí colgado? ¿Y cómo saben que ésa es la culebra que lo picó?

Tu abuelo, que en paz descanse, mató a la culebra después que lo mordió.

Dijo sin emoción en su voz.

¿Tan grande era así la culebra y él no la vio?

Pregunté anonadada con los ojos más abiertos que nunca como si yo hubiese estado presente en ese momento.

Los dos se miraron antes de morirse.

Dijo la abuela esta vez con una sonrisa pícara en su cara.

Y los dos picados; uno de culebra y la otra picada en dos.

Esta vez sí soltó la risa más grave.

Abuela, ¿no le da miedo que mi abuelo la moleste esta noche? Eso es malo; burlarse de los muertos. Mi mamá dice que si uno se burla de ellos, le jalan las patas por la noche.

Dije fingiendo seriedad.

Pues, si me jala las patas, nada pasaría. Eso siempre hacía cuando llegaba tarde y borracho a la casa; me jalaba y me hacía cosquillas para que me levantara a calentarle la comida. Así que si me jala, me daría mucha gracia.

¿Entonces usted no le tiene miedo a los muertos?

Pregunté con curiosidad sabiendo ya la respuesta. Creo que siempre presentía la respuesta que me daría mi abuela.

A los muertos hay que respetarlos, pero no hay que tenerles miedo. Ellos han sido mi compañía desde que se los llevó la pelona[12]. Ellos me han dado la vida. Al acompañarme desde la partida de mis vivos, los muertos han sido mi vida.

¿Pero usted no quiere irse con ellos? ¿Verdad, abuela?

Sentí tanta paz en ese momento. Ya la tarde comenzaba a solapar la mañana y por unos minutos reinó un silencio de armonía.

¿Irme con ellos? ¿Y para qué mi'ja? Aquí estoy bien. Ya he visto tantos entierros y funerales y he vestido tanto de negro que ya estoy cansada de irme con ellos en llanto.

Pero algún día tendrá que irlos a visitar. ¿No cree usted abuela?

Espeté con suavidad ante su filosofía de la vida y lo que nos espera después de ésta.

---

[12] La muerte

No, mi'ja, ya los he visitado miles de veces al cementerio. ¡Qué me visiten ellos si quieren! ¡Por aquí los espero pa' brindarles café! ¡Qué en paz descansen!

¡Ay, abuela! ¡Qué cosas se le ocurren a usted!

Me acerqué a ella y le toqué el pelo. Me gustaban sus crinejas y lo blanco de su pelo. Ella saltó. No esperaba mi contacto. Su soledad era lo único que la tocaba... utilizando las palabras de la abuela.

Tengo hambre, abuela. ¿Qué vamos a comer?

Pregunté aún muy cerca de ella.

Lo que usted cocine porque si ponemos a su papá a cocinar, se lo tendremos que echar a los perros.

Dijo mi abuela riendo como una niña traviesa, llena de vida.

¿Cocinar yo? ¿Y si me quemo? ¿Y si se me pasa? Yo no sé cocinar con leña.

Dije sin pensarlo.

¿En leña? No mi'ja, esta casa es casa de ricos. Aquí tenemos cocina de kerosén, el fogón es para las hallacas y los sancochos.

Mi abuela hablaba con propiedad.

¿Y qué quiere que monte[13] abuela?

Pregunté con tranquilidad.

Ahí hay unos topochos[14] y unas sardinas que su primo Carlos me trajo del río. ¿Usted come topochos y sardinas?

Se interrumpió la abuela antes de proseguir.

Yo como lo que sea abuela, menos culebra.

Ella se tocó la cabeza y se echó a reír.

Bueno, me voy a cambiar de ropa y me voy a montar el almuerzo, ya vengo.

Vaya, mi'ja. Ponga su bolso en el escaparate. No lo ponga en ese suelo de tierra que se le ensucia la ropa que trajo pa' la fiesta y después no la van a saca'a'baila'.

¿Usted conoce a los músicos, abuela?

Grité desde el cuarto, quitándome la ropa.

Ay, mi'ja. Yo conozco a todo el que respire en este campo y ellos también me conocen a mí. Yo conozco al cura, al pulpero, a los borrachos, a las chismosas del

---

[13] Montar, en español de Venezuela, es equivalente a poner algo en la estufa (poner a cocinar)

[14] Green bananas

pueblo, a todos mi'ja. ¡A todos! Conozco a todos mis sobrinos, nietos, bisnietos y hasta a usted ya la conozco.

¿Yo era la única a quien usted no conocía, abuela?

Pregunté con cierta perplejidad.

Asina[15] es, mi'ja. Cien años después conozco a la primera hija de mi primer hijo. Me voy a jugar su número. ¿Cuántos años tiene ya?

Me interrogó la abuela tratando de buscar en su mente la respuesta.

Voy a cumplir 15 en noviembre, abuela.

Dije sin emoción, regresando para ponerme junto a ella a manera que percibiera mi presencia.

¿Se los van a celebrar, mi'ja? ¿Con damas para bailar el vals?

Continuó preguntando.

No creo.

Dije, dirigiéndome hacia la cocina. Y subiendo la voz para que me escuchara mejor, continué diciéndole:

---

[15] Así

No me gustan esas cosas. Le voy a pedir el dinero a mi mamá. Total, la gente siempre se queja de todo. Así que prefiero echármelo encima en ropa y zapatos.

Empecé a buscar un cuchillo para pelar los topochos y me olvidé de todo. Pelaba y pelaba cada uno y los iba echando en una olla que había sacado de debajo del fogón. Lavé las sardinas y les eché el jugo de unos limones que estaban en una cesta sobre la mesa. No me preocupaba por ensuciar, pues el piso era de tierra y las paredes de barro.

Pensaba yo, *"todo ya está sucio y sin embargo muy limpio de superficialidad."* Las ollas encarbonadas colgadas en clavos en la pared y las cucharotas hechas de madera y al pilón en la esquina se le notaba que no lo habían usado en meses. Ya no oía a la abuela ni a mi papá, ni al viento, ni el sonido de las láminas de zinc del techo. Todo quedó quieto y miré por la ventanita hacia el camino. No había ni un alma en el sendero. El sol estaba ardiente. Ya eran como las doce.

Dejé todo montado y regresé junto a mi abuela pero ésta se había quedado dormida. Tenía en su regazo un cuaderno viejo donde anotaba sus números de lotería como lo hacía mi mamá. Mi nombre y mi edad, además de mi fecha de nacimiento, podían verse anotados con letra garabateada. *"No sabía que mi abuela supiera escribir"* me dije y calladamente decidí explorar los alrededores. Caminé hasta la sala y vi que había otro cuarto donde antes había visto entrar a mi papá antes de perderlo de vista.

Me acerqué y sigilosamente entré, pero no me atreví a prender la luz por miedo a encontrarme con otra culebra. Así que después que mis ojos se adaptaron a la oscuridad, me aventuré un poco más dentro del pequeño cuarto y noté que había tres camas casi del mismo tamaño. Los colchones eran delgados como el del cuarto de mi abuela. Había una repisita de santos y un par de escaparates viejos y maltrechos sin puertas que tenían cortinas en vez de espejos. Este cuarto también tenía un olor particular pero aparte del alcohol, del plagatox, de las velas y del kerosén, olía a tabaco y a colonia de bruja, de esas que usan las viejas que leen las cartas y el tabaco[16].

De pronto escuché un ruido que venía de debajo de la cama y mi corazón bombeó un chorro de sangre de inmediato. No estaba tan espantada, pero sentía cierto temor. Luego pensé *"debe ser un gato o un pollo"* pero cuando me agaché para averiguar, vi los dientes más blancos y afilados de toda mi vida. Era un perro. No ladró pero me mostró sus dientes. Salí corriendo y me tropecé con mi tío Juancito que entraba en ese momento al mismo cuarto.

Epa, ¿dónde está tu papá?

---

[16] cigar

Preguntó, atajándome por los hombros.

No sé. No lo he visto. Se fue. 'Tá durmiendo. No está. Qué se yo.

Soltándome como alma que lleva el diablo, seguí hasta el corredor donde la abuela ya abría sus arrugados ojos.

Abuela, hay un perro debajo de la cama.

Jadeé recuperando el aliento.

Está amarra'o y además está muy viejo. Está por morirse. Ya ni muerde ni ladra.

Me dijo con desgano.

¿Y por qué está amarrado en ese cuarto? ¿A quién va a cuidar ahí?

Está castiga'o. Fue quien mordió a tu primito Felipe, que en paz descanse, cuando chiquito y me mató al muchacho de mal de rabia. Él era el hijo de tu tío Juancito. Perro mal nacido. Debí haberlo matado en vez de amarrarlo.

Respondió enojada.

Pero abuela, ¿no es peligroso un perro con mal de rabia en la casa? Además si se entera La Sanidad, se va a meter en un problemón.

Expresé con preocupación.

¡Qué va mi'ja! Lo mismo dijeron de la culebra. Además, mi'ja, pa'que pase por aquí La Sanidad, hay que echarle piernas. El gobierno no llega hasta el campo. Se queda en la ciudad donde viven los ricos. Por aquí sólo vienen en época de elecciones.

Dijo la abuela sarcásticamente.

Bueno, si usted lo dice abuela, debe ser verdad. Voy pa' la cocina, ya vengo.

Salí rumbo a la cocina a revisar la comida que había dejado al fuego. Tenía que echarle más agua y sal a los topochos y pelar cebolla para freír las sardinas. Me dirigí hacia lo que parecía la nevera, pero me detuve en el acto porque temía tocarla y me diera corriente. La nevera se parecía a las que salían en las películas de blanco y negro de "Señor Cine". Era como rosada pero estaba tan oxidada que se veía marrón. Era como una señora regordeta. Hacía un ruido como de lavadora chaca-chaca. Le grité a la abuela:

¿Esta nevera no pega corriente, abuela?

Qué va, mi'ja. Esa nevera está recién arregla'a. Me cobraron cinco mil bolívares por repararla. Ésa enfría toda la noche.

Respondió la abuela casi sin levantar la voz. Ya me sentí más segura. Así que abrí la nevera y había más cosas de las que yo pensaba. Había mucha yuca, ñame, parchitas, mandarinas, topochitos, cambur manzano, cilantro, papas y huevos criollos. En el frizer[17] había tinitas de leche o de coco y bambinos. Cerré la nevera pero me costó que se quedara cerrada. Había que cruzarle un gancho de ropa con una goma alrededor para que cerrara bien.

Luego de haber explorado a la gorda rosada, me enfoqué en cortar las cebollas y las puse en un plato con las sardinas. Tenía que adobar las sardinas y, buscando la sal detrás de fogón, encontré los condimentos. Estaban en unos potecitos de plástico viejos y muy usados. Tuve que probar cada uno para saber qué contenían. Había entre los condimentos un potecito pequeño que tenía algo adentro pero no atinaba a ver lo que era. Traté de acercarlo a la luz de la ventana pero no se veía nada. Al igual que los otros potecitos, estaba bien sucio y muy usado.

La tapa estaba celada con teipe negro de electricidad[18]. Dejé el potecito y seguí adobando las sardinas. Los topochos estaban ya blandos, así que los saqué y los puse a escurrir en el colador de pasta medio quemado que estaba colgado de la pared. Era amarillo pero se veía igual de marrón que la nevera. Serví comida

[17] freezer

[18] black electrical tape

para mi abuela y para mí y me fui al corredor con ella. Al tratar de ponérsela en el regazo, ella, con una agilidad casi increíble, se colocó el trapo "blanco", el mismo de la culebra, para no quemarse.

Aquí tiene, abuela. Espero que le guste como yo cocino.

Me adelanté a decir humildemente.

Claro que me va a gustar. Pa' come' sólo se necesita hambre, mi'ja.

Dijo picando los topochos con el tenedor. Se veía que tenía hambre y que estaba disfrutando de la comida.

Abuela, ¿qué hay en ese potecito tapado que está en la cocina junto a los condimentos? Pregunté comiendo lentamente. La comida me gustaba aunque no estaba acostumbrada a ese tipo de comida. En mi casa, mi mamá sólo preparaba arroz o espagueti con salado, tajadas o papas fritas y jugo.

Es el clavo que pisó tu tía Petra, que en paz descanse, el año pasado. ¿Cómo era? ¿Cómo es que se dice esa enfermedad del azúcar?

Diabetes.

Le ayudé con la pregunta.

Sí eso, eso. Ella era diabetética.

Diabética, abuela. Se dice dia-bé-ti-ca.

Corregí de inmediato, pero mi abuela no se inmutó y siguió hablando:

Se le gangrenó el pie y ahí mismito se murió. No duró na'. Esa pata se le puso bien fea.

¿Y qué hace el clavo en la cocina? ¿No me diga que se lo piensa echar a las caraotas?

No. Es que ella era la que cocinaba y bien güeno[19] que cocinaba, caray. Así que decidí dejarlo en la cocina para ver si le da buena sazón a la comida.

Dijo riéndose, atajándose la comida que se le escurría por la boca por la falta de dientes.

Abuela, no sabía que usted era tan supersticiosa. Disecó la culebra, amarró al perro y además conservó el clavo. ¡Mi madre! ¡Me espanta, abuela! Me espantan las cosas que dice.

Bueno a los muertos no hay que tenerlos de enemigos, más bien de amigos.

¿Y de qué nos sirven ellos abuela? Los muertos son los muertos, debemos preocuparnos por los vivos.

Dije llevándome un pedazo de topocho a mi boca.

---

[19] bueno - güeno es del habla coloquial de la región

Le pregunto, abuela. Dígame qué quiere que le guarde cuando usted se muera, si es que se muere. A usted parece que le gusta la vida. Yo que usted, estaría empacando ya.

Ya yo empaqué, mi'ja, pero mi avión está retrasa'o. Guárdeme los ojos.

Se rió y siguió comiendo como si nada, como si no le hubiera importado mi pregunta, como si yo la estuviera importunando en esos mismos instantes con mis preguntas.

¿¡Huh!? ¿Qué? ¿Que le guarde qué? ¿Abuela?

Casi me atraganto por la confusión.

Los ojos. Los dejé de usar hace tanto tiempo que no creo que los necesite por allá por esos lares. Ya me acostumbré a estar sin ellos.

Dijo la abuela mirando hacia el frente. Había terminado de comer y me estaba pasando el plato.

Vaya a montar la cena.

Sí, abuela. Ya voy a montar la cena.

Salí rumbo a la cocina a dejar los platos en la ponchera que hacía las veces de fregador. Me detuve frente a la nevera y pensé *"ese será un buen lugar para mantener los ojos de la abuela cuando ella muera"* y sin más, me encaminé al corredor.

Olga León

Fin

About The Author

Olga Leon is an English and Spanish teacher born in Valencia, Venezuela. She obtained her undergraduate degree from Carabobo University in the field of Modern languages in 1995 and her graduate degree in Spanish Literature and Linguistics at North Carolina State University in 2010. She is fascinated with the nomenclature of words and utterances hence her passion for the human language in all of its formats, particularly poetry and psycholinguistics.

Olga is a fulltime poet and author but she has also been a soccer coach, cultural event planner, liaison, advocate, tutor, interpreter and translator. She loves dancing and cooking and mostly spending time with her family and her dog Canela both in Venezuela and North Carolina.

www.ingramcontent.com/pod-product-compliance
Lightning Source LLC
Chambersburg PA
CBHW051249180626
46816CB00004BA/1402